FICHE DE LECTURE

Document rédigé par Marie-Hélène Maudoux
maitre en langues et littératures françaises et romanes
(Université catholique de Louvain)

Odette Tou-lemonde

Éric-Emmanuel Schmitt

lePetitLittéraire.fr

Éric-Emmanuel Schmitt
Écrivain franco-belge

- **Né en 1960 à Sainte-Foy-lès-Lyon**
- **Quelques-unes de ses œuvres :**
  La Part de l'autre (2001), roman
  Oscar et la Dame rose (2002), roman
  La Femme au miroir (2011), roman

Éric-Emmanuel Schmitt, né en 1960 et agrégé de philosophie, est l'un des auteurs français les plus lus dans le monde. Il vit à Bruxelles et a débuté sa carrière d'écrivain au théâtre avec *La Nuit des Valognes* (1991), une variation sur le mythe de don Juan, et *Le Visiteur*, pièce dans laquelle Freud reçoit la visite d'un homme énigmatique qui prétend être Dieu lui-même. Tout en continuant à écrire pour le théâtre, Schmitt compose aussi des romans (*La Part de l'autre*, 2001), des nouvelles (*Odette toulemonde et autres histoires*, 2006) et même une autofiction (*Ma vie avec Mozart*, 2005). Récemment, il s'est mis derrière la caméra et a adapté au cinéma deux de ses œuvres dont *Oscar et la Dame rose*.

Odette Toulemonde
À la poursuite du bonheur

- **Genre :** nouvelle
- **Édition de référence :** *Odette Toulemonde et autres histoires*, Paris, Albin Michel, 2006, 281 p.
- **1re édition :** 2006
- **Thématiques :** succès, désespoir, simplicité, bonheur

En 2006 sort un recueil de huit nouvelles, *Odette Toulemonde et autres nouvelles* (*Wanda Winnipeg*, *C'est un beau jour de pluie*, *L'Intruse*, *Le Faux*, *Tout pour être heureuse*, *La Princesse aux pieds nus*, *Odette Toulemonde* et *Le Plus Beau Livre du monde*) traitant chacune à leur manière la poursuite individuelle du bonheur. Un bonheur qui, finalement, demeure étranger aux richesses matérielles et aux clichés véhiculés par la société, et peut renaitre des pires souffrances infligées par la vie. Dans *Odette Toulemonde*, l'écrivain nous conte l'histoire d'Odette, une veuve quadragénaire dont l'existence n'a rien d'enviable.

RÉSUMÉ

DES LIVRES QUI REDONNENT ESPOIR

Odette Toulemonde est une femme de 40 ans qui a perdu son mari quelque temps plus tôt. Pour subvenir aux besoins de ses deux enfants, elle exerce deux emplois, un le jour, l'autre la nuit : vendeuse et plumassière. Un jour, elle décide de quitter sa ville de Charleroi pour se rendre une journée à Bruxelles. Elle est fébrile, pleine d'impatience, car le célèbre écrivain Balthazar Balsan y organise une séance de dédicaces pour la sortie de son dernier livre, *Le Silence de la plaine*. Elle est sa plus grande fan : elle a lu et relu toutes ses œuvres, mais n'a jamais rencontré l'auteur. Ses livres ont été d'une importance capitale pour elle puisqu'ils lui ont redonné le courage d'affronter la vie.

Balthazar Balsan, lui, est à un tournant de son existence, « se trouvant à ce point difficile de sa carrière où il n'[a] plus besoin d'aider à la vente de ses livres mais où il [craint] qu'elle ne baisse » (p. 156). Le doute s'installe lorsqu'un célèbre critique littéraire, Olaf Pims, condamne sans pitié son œuvre, y relevant de multiples clichés qui ne peuvent convenir selon lui qu'aux « concierges, caissières et autres coiffeuses qui collectionnent les poupées de foire ou les photos de crépuscule » (p. 161). Ce malaise augmente surtout lorsque Florence, son attaché de presse sur laquelle il fantasme, le regarde avec pitié.

Le jour de la dédicace, Odette se présente devant Balthazar Balsan qui engage la conversation avec un enthousiasme qui l'effraie. Celle-ci est tellement intimidée qu'elle ne parvient plus à décliner son prénom en entier. Par conséquent, l'écrivain adresse l'autographe à « Dette ».

De retour chez elle, poussée par le remords et par son fils homosexuel, Rudy, Odette décide d'écrire une lettre à l'écrivain pour lui exprimer sa reconnaissance. Cette lettre, bien qu'elle redoute de l'écrire (« Je n'écris jamais car, si j'ai de l'orthographe, je n'ai pas de poésie », p. 163), se révèle finalement poétique et touchante : elle y décrit sa vie avec ses enfants (Rudy et Sue Helen) depuis la mort de son mari, Antoine, et remercie l'écrivain de lui avoir insufflé, via ses livres, l'optimisme nécessaire à sa survie. Odette remet cette lettre à la séance de dédicaces suivante, qui se déroule à Namur, ignorant tout des tourments de l'écrivain car elle ne suit pas les informations.

À LA DÉCOUVERTE DU BONHEUR

Un soir, à Paris, Balthazar apprend que sa femme, Isabelle, fréquente intimement Olaf Pims, son pourfendeur. Désespéré, il fait une tentative de suicide et est admis dans un hôpital psychiatrique. Mais il s'en échappe rapidement en empruntant la voiture d'Isabelle. Ne sachant où se rendre, il décide de rejoindre Odette suite à la lecture de sa lettre. Arrivé chez elle, il lui demande d'emblée si elle l'aime et s'il peut séjourner chez elle. Odette répond par l'affirmative (« Pour lui, c'était un instant précieux, un instant qu'il dégustait pleinement. Il ne songeait pas à ce que la situation pouvait avoir de gênant pour Odette. », p. 172).

Peu à peu, avec Odette, Balthazar découvre une existence « aux antipodes de la sienne : sans gloire, sans argent, et pourtant heureuse » (p. 173). Il retrouve le milieu populaire qu'il décrit si justement dans chacun de ses livres et, surtout, une femme étonnante qui ne porte de jugement défavorable ni sur sa vie, ni sur les êtres qui l'entourent. Il tente de débuter une relation amoureuse avec Odette, mais celle-ci tarde à faire le deuil d'Antoine et refuse toute liaison. Elle ne lui déclare son amour que plus tard, mais ne souhaite toutefois pas concrétiser ses sentiments car trop de différences les séparent. Balthazar lui confie alors qu'il destine le livre qu'il est occupé à écrire (*Le Bonheur des autres*) à « Dette ». Odette est émue, mais prend peur.

Après ce refus, Balthazar décide de rejoindre son fils en classe de neige. À son départ, il remet une somme considérable à Rudy pour que celui-ci réalise le souhait le plus cher d'Odette en l'emmenant à la mer du Nord. De son côté, il retrouve son fils, mais prend conscience de son anxiété et décide de l'emmener à la mer. Là, ils rejoignent Odette pour passer leurs vacances avec elle et bénéficier de ses « cours de bonheur » : il s'agit de vivre sans espérance futile ou déraisonnable et de parvenir à percevoir la beauté dans la simplicité.

Quelques jours plus tard, contre toute attente, Odette convie la femme et l'éditeur de Balthazar dans son pavillon de la mer du Nord, et orchestre une réunion où elle confronte l'écrivain et ses proches. Elle tente par-là de rétablir l'harmonie au sein du couple de Balthazar afin de pouvoir se retirer. Mais, soudainement, Odette est victime d’une crise cardiaque et est transportée d’urgence à l’hôpital.

Durant sa convalescence, Balthazar s’occupe de ses enfants et prend soin de placer une photo d’Antoine, son défunt mari, sur la table de chevet de sa chambre d’hôpital. Un jour, il lui rend visite et lui affirme qu’Antoine lui a confié la mission de s’occuper d’elle. Odette, émue, accepte enfin le baiser de Balthazar.

ÉTUDE DES PERSONNAGES

ODETTE TOULEMONDE

Elle réside à Charleroi (province de Hainaut, Belgique) où elle exerce le métier de vendeuse la journée et de plumassière (travail et vente des plumes) la nuit. Veuve d'une quarantaine d'années, elle vit seule avec ses deux enfants : Rudy, un coiffeur jovial et homosexuel et Sue Helen, au caractère maussade et hétérosexuelle.

Odette Toulemonde est une femme ingénue, joviale et passionnée. D'origine modeste, elle est consciente de sa condition (« Parce qu'elle se savait médiocrement intelligente, parce qu'elle venait en bus de Charleroi, [...] il ne lui déplut pas de découvrir, parmi ces bourgeoises bruxelloises, une supériorité, sa supériorité de fan », p. 156).

Déterminée, elle réussit grâce à ses lectures à voir la vie du bon côté depuis la mort de son mari, Antoine. Son humilité et sa bienveillance lui attirent toutes les sympathies (« Elle vivait en bonne intelligence avec des êtres qui se définissaient à l'inverse d'elle car elle ne les jugeait pas », p. 174). Elle prend soin de son entourage et sème le bonheur autour d'elle.

BALTHAZAR BALSAN

Écrivain renommé, Balthazar Balsan a écrit douze romans (le dernier s'intitule *Le Silence de la plaine*). Il rédige son treizième roman (*Le Bonheur des autres*) en compagnie d'Odette, à la mer du Nord.

Il fut mis au monde anonymement et placé dans de nombreuses familles d'accueil durant son enfance. C'est par la réussite sociale et intellectuelle qu'il a réussi à construire son identité.

Balthazar est marié à une avocate, Isabelle, et ils ont ensemble un fils de 10 ans, François.

Il a une âme d'artiste : doux, rêveur, généreux, il est également fragile, car émotif et anxieux. Il cherche le bonheur en se rapprochant d'Odette, qu'il n'aura de cesse de courtiser.

Ce personnage peut nous faire penser à Éric-Emmanuel Schmitt lui-même. La nouvelle *Odette Toulemonde* s'apparente donc à une fiction autobiographique (autobiographie déguisée). Elle offre en effet une subtile mise en abyme : Olaf Pims condamne Balthazar Balsan en qualifiant son style d'écriture de mièvre et stéréotypé. Or ces critiques pourraient s'adresser à Éric-Emmanuel Schmitt. Par l'écriture de cette nouvelle, il se défend donc indirectement contre la critique qui le présenterait comme un auteur commercial plutôt que comme un écrivain.

OLAF PIMS

Éminent critique littéraire, Olaf Pims prend plaisir à user de son pouvoir de persuasion pour détruire les écrivains qu'il juge médiocres. Armé de ses lunettes rouges, il confond délibérément critique et méchanceté. Son manque de loyauté se reflète également dans sa vie amoureuse, puisqu'il courtise la femme de Balthazar Balsan.

ISABELLE BALSAN

Avocate ambitieuse, Isabelle accorde plus de valeur aux apparences sociales qu'aux liens amoureux. Elle forme d'ailleurs avec Balthazar un couple libertin. Elle semble toutefois percevoir qu'elle n'est pas heureuse et aspirer à un autre mode de vie : « Isabelle, atteinte par la simplicité d'Odette, baissa la tête et devint sincère : Il m'a tellement trompée… » (p. 183)

CLÉS DE LECTURE

SCHÉMA ACTANTIEL

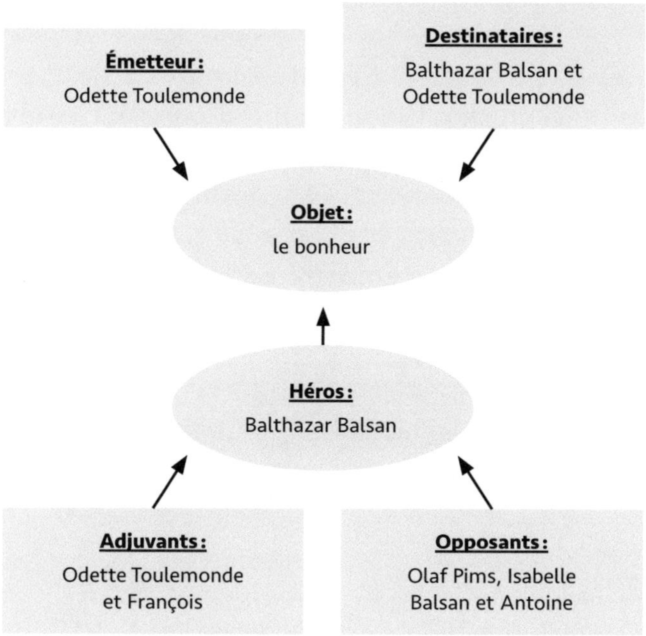

SCHÉMA NARRATIF

Situation initiale : c'est le début de l'histoire, le moment où on plante le décor et où on présente les personnages ; la situation est équilibrée, c'est-à-dire qu'elle n'a aucune raison d'évoluer.

- Odette Toulemonde rencontre l'écrivain qu'elle adule, Balthazar Balsan. Hélas, la timidité l'emporte et l'empêche de se présenter et d'obtenir un autographe convenable. Par la suite, elle décide de rédiger une lettre pour remercier comme il se doit son écrivain favori.

Élément perturbateur : c'est un évènement qui vient perturber la situation initiale et qui va déclencher l'histoire proprement dite.

- Balthazar Balsan n'a plus gout à la vie lorsqu'il découvre la critique meurtrière d'Olaf Pims et, ensuite, la liaison que celui-ci entretient avec sa femme. Il tente alors de se suicider.

Péripéties : ce sont les évènements provoqués par l'élément perturbateur et qui entrainent la ou les actions entreprises par le héros pour résoudre le problème.

- Balthazar séjourne en hôpital psychiatrique avant de s'enfuir avec la voiture de sa femme.
- Il se réfugie chez Odette et découvre la recette du bonheur.
- Il tombe amoureux d'Odette, mais celle-ci le repousse.
- Balthazar donne à Rudy l'argent nécessaire pour emmener Odette à la mer, puis s'y rend à son tour avec son fils.
- Balthazar et Odette se rapprochent.

Dénouement : il met un terme aux péripéties et conduit à la situation finale.

- Odette prend peur et convoque l'éditeur et la femme de Balthazar pour tenter de les réconcilier et se donner l'illusion que Balthazar n'a plus besoin d'elle. Elle souffre tant de ses mensonges que son cœur s'arrête : elle est emmenée à l'hôpital.

Situation finale : c'est la fin de l'histoire. La situation est à nouveau stable, comme la situation initiale, mais elle a subi des transformations.

- Balthazar se présente auprès d'Odette comme le nouvel ami d'Antoine afin d'apprivoiser sa peur de trahir son mari décédé. Odette et Balthazar peuvent vivre leur histoire d'amour.

LA NOUVELLE COMME CONTE PHILOSOPHIQUE

Cette courte nouvelle peut être assimilée à un conte philosophique. Dans un conte philosophique, l'imagination de l'auteur ne se laisse pas aller au pur plaisir de la narration : il s'agit de servir, en toile de fond, un discours philosophique, spirituel, un savoir ou une pensée (ici sur le bonheur). Cette idée, pour être délivrée, est enjolivée en étant intégrée à un récit. L'humour tient souvent une grande place dans le conte philosophique, il aiguillonne la réflexion du lecteur. Un conte philosophique peut ainsi paraitre léger en apparence.

Les personnages servent le discours philosophique en incarnant chacun un point de vue. Dans *Odette Toulemonde* :

- Odette adopte la conception du bonheur d'Éric-Emmanuel Schmitt : trouver le bonheur dans sa propre vie et ne pas vivre le bonheur des autres en se créant une identité prestigieuse ;
- Balthazar Balsan, lui, incarne le personnage qui recherche un bonheur vain tant qu'il s'efforce de vivre selon les valeurs que lui dicte la société de consommation.

On retrouve des questionnements philosophiques similaires dans les autres nouvelles du recueil *Odette Toulemonde et autres histoires* :

- *Wanda Winnipeg* : Wanda, riche divorcée, rappelle Balthazar Balsan par son ascension. Elle vit elle aussi son enrichissement comme un redressement de torts, une revanche sur le destin. Son bonheur apparent est un leurre ;
- *C'est un beau jour de pluie* : Antoine, le mari d'Hélène, est un « expert du bonheur » comme Odette. Il ne porte aucun jugement négatif sur son entourage pour mieux s'émerveiller de ce qui l'entoure ;
- *Tout pour être heureuse* : Isabelle rappelle l'écrivain Balthazar Balsan, car elle a, elle aussi, réussi sa vie sociale sans parvenir à vivre heureuse.

Ce désir de glisser un raisonnement philosophique dans une histoire engendre un style d'écriture particulier.

L'USAGE DE STÉRÉOTYPES

Si Éric-Emmanuel Schmitt dénonce les clichés de la société de consommation (il ne faut pas être riche ou hétérosexuel pour être heureux), il fait paradoxalement évoluer ses personnages dans un monde lui aussi stéréotypé. L'univers d'Odette Toulemonde manque par conséquent de réalisme :

- elle réside dans un logement social de Charleroi, une ville présentée comme toujours grise et pauvre (« ville minière désaffectée », p. 156 ; « le paysage triste et industriel de Charleroi », p. 159) ;
- elle a un fils homosexuel heureux et une fille hétérosexuelle malheureuse ;
- une voisine, employée de mairie, est sèche (stéréotype du fonctionnaire peu occupé mais sûr de lui), l'autre, une droguée, est violente (stéréotype du toxicomane dangereux).

Balthazar Balsan, à l'inverse d'Odette, possède un somptueux logement au cœur de Paris mais, évidemment, il ne parvient pas à s'y plaire.

Éric-Emmanuel Schmitt nous offre ainsi un point de vue manichéen porteur de clichés.

POUR ALLER PLUS LOIN

ÉDITION DE RÉFÉRENCE

- Schmitt É.-E., *Odette Toulemonde et autres histoires*, Paris, Albin Michel, coll. « Le Livre de Poche », 2006.

ÉTUDE DE RÉFÉRENCE

- Ying Hsieh Y., *Éric-Emmanuel Schmitt ou la Philosophie de l'ouverture*, Edmond, Summa, 2006.

ADAPTATION

- *Odette Toulemonde*, film d'Éric-Emmanuel Schmitt, avec Catherine Frot (Odette Toulemonde), Albert Dupontel (Balthazar Balsan) et Jacques Weber (Olaf Pims), France, 2007.

Étant le premier film réalisé par l'écrivain, certains critiques y ont relevé un manque de réalisme et de professionnalisme (notamment lorsqu'Odette, prise d'extase, s'envole mais reste néanmoins figée).

SUR LEPETITLITTÉRAIRE.FR

- Fiche de lecture sur *La Femme au miroir* d'Éric-Emmanuel Schmitt
- Fiche de lecture sur *La Part de l'autre* d'Éric-Emmanuel Schmitt

- Fiche de lecture sur *Monsieur Ibrahim et les Fleurs du Coran* d'Éric-Emmanuel Schmitt
- Fiche de lecture sur *Oscar et la Dame rose* d'Éric-Emmanuel Schmitt
- Questionnaire de lecture sur *Odette Toulemonde*

Retrouvez notre offre complète sur lePetitLittéraire.fr

- des fiches de lectures
- des commentaires littéraires
- des questionnaires de lecture
- des résumés

Anouilh
- Antigone

Austen
- Orgueil et Préjugés

Balzac
- Eugénie Grandet
- Le Père Goriot
- Illusions perdues

Barjavel
- La Nuit des temps

Beaumarchais
- Le Mariage de Figaro

Beckett
- En attendant Godot

Breton
- Nadja

Camus
- La Peste
- Les Justes
- L'Étranger

Carrère
- Limonov

Céline
- Voyage au bout de la nuit

Cervantès
- Don Quichotte de la Manche

Chateaubriand
- Mémoires d'outre-tombe

Choderlos de Laclos
- Les Liaisons dangereuses

Chrétien de Troyes
- Yvain ou le Chevalier au lion

Christie
- Dix Petits Nègres

Claudel
- La Petite Fille de Monsieur Linh
- Le Rapport de Brodeck

Coelho
- L'Alchimiste

Conan Doyle
- Le Chien des Baskerville

Dai Sijie
- Balzac et la Petite Tailleuse chinoise

De Gaulle
- Mémoires de guerre III. Le Salut. 1944-1946

De Vigan
- No et moi

Dicker
- La Vérité sur l'affaire Harry Quebert

Diderot
- Supplément au Voyage de Bougainville

Dumas
- Les Trois Mousquetaires

Énard
- Parlez-leur de batailles, de rois et d'éléphants

Ferrari
- Le Sermon sur la chute de Rome

Flaubert
- Madame Bovary

Frank
- Journal d'Anne Frank

Fred Vargas
- Pars vite et reviens tard

Gary
- La Vie devant soi

Gaudé
- La Mort du roi Tsongor
- Le Soleil des Scorta

Gautier
- La Morte amoureuse
- Le Capitaine Fracasse

Gavalda
- 35 kilos d'espoir

Gide
- Les Faux-Monnayeurs

Giono
- Le Grand Troupeau
- Le Hussard sur le toit

Giraudoux
- La guerre de Troie n'aura pas lieu

Golding
- Sa Majesté des Mouches

Grimbert
- Un secret

Hemingway
- Le Vieil Homme et la Mer

Hessel
- Indignez-vous !

Homère
- L'Odyssée

Hugo
- Le Dernier Jour d'un condamné
- Les Misérables
- Notre-Dame de Paris

Huxley
- Le Meilleur des mondes

Ionesco
- Rhinocéros
- La Cantatrice chauve

Jary
- Ubu roi

Jenni
- L'Art français de la guerre

Joffo
- Un sac de billes

Kafka
- La Métamorphose

Kerouac
- Sur la route

Kessel
- Le Lion

Larsson
- Millenium I. Les hommes qui n'aimaient pas les femmes

Le Clézio
- Mondo

Levi
- Si c'est un homme

Levy
- Et si c'était vrai...

Maalouf
- Léon l'Africain

Malraux
- La Condition humaine

Marivaux
- La Double Inconstance
- Le Jeu de l'amour et du hasard

Martinez
- Du domaine des murmures

Maupassant
- Boule de suif
- Le Horla
- Une vie

Mauriac
- Le Nœud de vipères

Mauriac
- Le Sagouin

Mérimée
- Tamango
- Colomba

Merle
- La mort est mon métier

Molière
- Le Misanthrope
- L'Avare
- Le Bourgeois gentilhomme

Montaigne
- Essais

Morpurgo
- Le Roi Arthur

Musset
- Lorenzaccio

Musso
- Que serais-je sans toi ?

Nothomb
- Stupeur et Tremblements

Orwell
- La Ferme des animaux
- 1984

Pagnol
- La Gloire de mon père

Pancol
- Les Yeux jaunes des crocodiles

Pascal
- Pensées

Pennac
- Au bonheur des ogres

Poe
- La Chute de la maison Usher

Proust
- Du côté de chez Swann

Queneau
- Zazie dans le métro

Quignard
- Tous les matins du monde

Rabelais
- Gargantua

Racine
- Andromaque
- Britannicus
- Phèdre

Rousseau
- Confessions

Rostand
- Cyrano de Bergerac

Rowling
- Harry Potter à l'école des sorciers

Saint-Exupéry
- Le Petit Prince
- Vol de nuit

Sartre
- Huis clos
- La Nausée
- Les Mouches

Schlink
- Le Liseur

Schmitt
- La Part de l'autre
- Oscar et la Dame rose

Sepulveda
- Le Vieux qui lisait des romans d'amour

Shakespeare
- Roméo et Juliette

Simenon
- Le Chien jaune

Steeman
- L'Assassin habite au 21

Steinbeck
- Des souris et des hommes

Stendhal
- Le Rouge et le Noir

Stevenson
- L'Île au trésor

Süskind
- Le Parfum

Tolstoï
- Anna Karénine

Tournier
- Vendredi ou la Vie sauvage

Toussaint
- Fuir

Uhlman
- L'Ami retrouvé

Verne
- Le Tour du monde en 80 jours
- Vingt mille lieues sous les mers
- Voyage au centre de la terre

Vian
- L'Écume des jours

Voltaire
- Candide

Wells
- La Guerre des mondes

Yourcenar
- Mémoires d'Hadrien

Zola
- Au bonheur des dames
- L'Assommoir
- Germinal

Zweig
- Le Joueur d'échecs

Et beaucoup d'autres sur lePetitLittéraire.fr

www.lepetitlitteraire.fr

ISBN version imprimée : 978-2-8062-2753-9
ISBN version numérique : 978-2-8062-2750-8
Dépôt légal : D/2013/12.603/194